Monuments emblemàtics

La fuga

El monestir de Sant Miquel dels Reis

llegirenvalencià
monuments emblemàtics

1. ***La fuga.*** Gemma Pasqual i Escrivà
   El monestir de Sant Miquel dels Reis
2. ***La biblioteca del papa Luna.*** Muriel Villanueva
   El castell de Peníscola
3. ***La mirada del neandertal.*** Xavier Aliaga
   La Cova Negra de Xàtiva
4. ***La memòria de les pedres.*** Maria Jesús Bolta
   El teatre romà de Sagunt
5. ***El laberint en la roca.*** Paco Esteve i Beneito
   Les Covetes dels Moros
6. ***Va per l'aigua!*** Mònica Richart
   El palau dels comtes de Cervelló
7. ***La campana dels lladres.*** Josep Franco
   El Micalet
8. ***El vell i el far.*** Lliris Picó
   El far de Sant Antoni
9. ***L'arquitectura dels somnis.*** Vicent Brotons
   El santuari de Santa Maria Magdalena
10. ***Una nit molt llarga.*** Manel Pitarch
    El Fadrí
11. ***El regne a l'horitzó.*** Jovi Seser
    El castell de Dénia

«Llegir en valencià, monuments emblemàtics» vol animar-te a llegir en valencià, i ho fa narrant històries sobre alguns dels espais més significatius del nostre territori. Al final de cada llibre trobaràs un cupó retallable. Si col·lecciones tots els cupons i els presentes al quiosc en acabar la campanya, aconseguiràs de manera gratuïta 8 làmines exclusives amb els monuments emblemàtics. Una col·lecció d'11 llibres, que es podran obtindre cada dissabte i diumenge amb els diaris *Levante-EMV* i *Información* per només 1 € (4,5 € sense el diari). També pots guanyar vals de compra gratis que podràs utilitzar en Consum, Pollos Planes i Café Silvestre, un dels 25 carros de compra de la marca Rolser i entrades gratis a Bioparc. Consulta les bases del concurs en www.llegirenvalencia.org.

Monuments emblemàtics

La fuga

El monestir de Sant Miquel dels Reis

Text
Gemma Pasqual i Escrivà
Coberta
César Sebastián

llegiren**valencià**
monuments emblemàtics

1

Poc es pensava na Germana de Foix que aquell lloc on ella va decidir descansar per sempre més, al bell mig de l'horta de València, als afores de la ciutat, aquell imponent edifici renaixentista, amb una església de dimensions colossals i una façana amb dos torres, que va allotjar monjos jerònims, es convertiria en un penal, acabada la Guerra Civil. El monestir de Sant Miquel dels Reis era un centre de repressió repugnant, on milers de presos malvivien amuntegats, maltractats, les latrines supuraven, se'ls menjaven la sarna, els polls, el tifus, la fam. Només els afortunats aconseguien sobreviure, però la condemna no acabava en eixir de la presó: fora els esperaven més fam i la marginació.

Nelet va creuar el pati de Sant Miquel dels Reis corrent amb la carta de sa mare a la mà. El senyor Joan, el mestre que escrivia cartes, tenia una cua ben llarga. Per norma general s'autoritzava a escriure una targeta setmanal i només era permés escriure's amb els familiars més pròxims, és a dir, pares, germans, esposa i fills. No era fàcil aconseguir paper i llapis, eren uns béns molt cobejats, però això no era un obstacle per a Nelet, un jove imberbe molt espavilat. El seu verdader problema era que no sabia llegir ni escriure, però per això estava el mestre Joan, que llegia les cartes i fins i tot les responia per un mòdic preu:

diners, pa de munició o tabac, el tresor més preat de la presó.

«Estimada Josefina: Esta setmana, com les anteriors, és dimarts i no ha arribat la teua carta. Estos dies els he passat pensant en la teua situació, cada dia més difícil. L'olor de la ceba que menges m'arriba fins ací, i el meu xiquet se sentirà indignat de mamar i traure suc de ceba en comptes de llet.

Passe les meues bones estones esplugant-me, que família menuda no em falta mai, i de vegades criatura robusta i gran com un cigró. Tot s'acabarà a força d'ungla i paciència, o ells, els polls, acabaran amb mi. Però són massa poca cosa per a mi, tan valent com sempre, i encara que foren com elefants estes bestioles que volen emportar-se la meua sang, les faria desaparéixer del mapa del meu cos. Pobre cos! Entre sarna, polls, xinxes i tota classe d'animals, sense llibertat, sense tu, Josefina, i sense tu, Manolillo de la meua ànima, l'esperança que no es perd mai. Així veig passar un dia i un altre dia, esperançat i desitjós de córrer al vostre costat i ficar-me a casa i no saber en molt de temps res del món, perquè el món millor està entre els teus braços i els del nostre fill.»

–Mare meua, quina carta més llarga! De segur que no passa la censura. I què és això de parlar dels polls? –Nelet va interrompre el dictat del pres al mestre Joan. S'havia avançat i s'havia posat el primer davant la protesta de tots els companys.

–Nelet, posa't a la cua i no molestes! –el va renyar el mestre Joan.

–Tinc carta de ma mare! –va dir el jove somrient. Feia molt de temps que no en sabia res.

–Tots tenen carta de la mare, de la dona o del germà. Si saberes llegir, no hauries de fer cua –va dir entre estossecs el mestre Joan, sense apagar el cigarret que duia sempre a la boca. Era un home baixet, encanudit més per les penes que pels anys, ulls de mirada penetrant ocults per unes celles espesses. Les mans li eixien per les bocamànegues just per tindre sempre un cigarret encés a la punta dels dits índex i anular, que acabaven en unes ungles engroguides, com torrades per la calor del tabac.

Tot i la reprimenda del mestre i de les protestes dels companys, Nelet no es va moure ni un mil·límetre. Era més tossut que una mula, a penes tenia dèsset anys. Quan va entrar a la presó, era de la quinta del biberó, joves adolescents enviats al front que van topar violentament contra una realitat ferotge: la guerra. Molts van morir, altres van prendre el camí de l'exili, i d'altres com Nelet van ser empresonats i represaliats pel règim feixista. Tot i que no havia fet vint anys, encara semblava més xiquet, de tan prim com estava, no aparentava més de catorze anys. Abans de la guerra, el seu rostre era rialler i infantil, del jove que és feliç. Tot això havia desaparegut: la seua cara ovalada era ara angulosa, les celles se li ajuntaven davall una arruga, que encara que única, declarava preocupació; els seus ulls s'havien impregnat d'una profundíssima tristesa, que junt amb la ira era la malaltia més contagiosa de la presó.

El mestre Joan li va mirar els peus plens de ronya, portava les espardenyes trencades. Va dibuixar un tímid somriure que poques vegades brillava en el seu rostre aspre i sec, aquell xiquet era l'únic en tota la presó de Sant Miquel dels Reis que semblava viu, la seua impaciència contrastava amb la passivitat de la resta dels reclusos.

–Per no sentir-te –va dir el mestre Joan i va començar a llegir.

La carta, com totes les de la resta, havia estat retallada per la censura, a penes li havien deixat unes poques paraules, entre «Estimat Nelet» i «recorda't sempre de mi, la teua mare que t'estima» s'endevinava, tot i les frases retallades, que el seu estat de salut era molt precari. Un núvol va enfosquir el front de Nelet, li va canviar el semblant, va plegar curosament la carta, i amb el cap cot va desaparéixer diluït entre el munt de presos.

2

«La més estimada i inoblidable mare: Des d'esta presó li escric estes últimes lletres que rep d'este desgraciat fill, tot i que dic desgraciat no per la mort, perquè a mi no m'importa morir. I el meu pare que agafe valor perquè puga gaudir una mica de les coses bones, ja que perd un fill, que es faça el càrrec que el va perdre en la guerra i que no serà l'únic que es queda sense ell. No li oferisc el cor perquè no pot ser agafar-lo. Salut i sort, més que jo que moriré prompte però no m'importa, un de menys i un màrtir més. Reba l'afecte del seu fill.»

Com a pagament, el pres va oferir al mestre Joan una taronja, que ell no va acceptar.

–Aquestes cartes no les cobre.

–Salut, camarada.

–Salut.

I els dos homes es van fondre en una abraçada, l'última.

Nelet deambulava per la presó com una ànima en pena des que va rebre la carta de sa mare, feia ja una setmana. Sempre havia devorat el ranxo, tot i que tenia un color negrós i feia pudor, estava fet a base de tavelles de faves amb algun os. El mestre Joan estava preocupat, el xicot ja estava prou desnodrit, no es podia permetre el luxe de perdre cap menjada.

–No menges.

–No tinc gana. Però si el vol vosté, no l'he tocat.

–Has de menjar, Nelet; si no, cauràs malalt –li va dir estossegant.

El xicot va obrir la boca per contestar, però la veu se li va apagar en els llavis i no va poder articular una sola paraula. Va acotar el cap.

–Voldries aprendre a llegir i escriure? –li va preguntar el mestre Joan.

Nelet va fer que no amb el cap.

–Una llàstima, necessite algú que m'ajude. Cada vegada tinc més faena.

–Seríem socis? –va reaccionar Nelet.

–No córregues tant. Però sí, quan n'aprengues, podríem ser socis.

–Al 50 per cent?

–Tu 20, i jo 80.

–40 i 60.

–30 i 70.

–Fet! –va dir Nelet encaixant la mà al mestre Joan.

–Però primer t'has d'acabar el ranxo, el cervell no funciona sense aliment.

El xicot va fer cas i en un tres i no res es va acabar tot el plat.

–No has anat mai a escola?

–No, mon pare es va morir sent jo molt xicotet i ma mare em va haver de criar a soles. Des que jo recorde he treballat: al camp, d'ajudant d'obrer, del que fora, per poder portar diners a casa. Ma mare, pobreta, insistia que havia d'anar a escola i a vegades m'hi portava de l'orella. Però jo m'escapava per poder tornar a casa amb alguna cosa per menjar, quasi sempre em pagaven en espècie: creïlles, bledes, taronges, i amb una miqueta de sort, algun ou. Però no es pense vosté que soc babau. De lletres, no en sé, però de números sé comptar fins a cent, i sumar i restar.

El mestre Joan va dibuixar un tímid somriure, feia molt de temps que no el feia sencer. Va encendre un cigarret, va inhalar el fum amb desesperació, va retindre el fum als pulmons i de seguida va començar a tossir.

–Esta tos és molt lletja, hauria de prendre algun específic –li va aconsellar Nelet mentre li oferia aigua.

–Tu, mut i a la gàbia, que no vull que m'envien a la Torre. Allí només hi ha derrota i tisi –va dir mentre amb la mà tremolosa es posava el got als llavis, que va apurar tot d'un glop.

La Torre, així deien al lloc on estaven internats els tuberculosos. A dalt de tot hi havia els empestats. No se'ls permetia cap contacte amb ningú.

3

«Estimat amic: Resulta que cada dia la fam ací és més intensa i s'agreuja, que cada dia se'ns redueix la inconsistent i escassa ració a què estem sotmesos. L'estat de deteriorament físic és signe general, i no passa cap dia sense que deixem de vore algú eixir en llibertat, però en una llibertat completament funerària, a vegades més de quatre homes. Sense la teua ajuda, possiblement ja no podria explicar-te això. Però aquesta preciosa ajuda que, per tants motius, et reconec molt valuosa, és insuficient. Com que no tenim altres recursos que els que ens proporciones, totes es resumeixen en una: la

de subsistir. A força d'ànim i voluntat, tant la meua dona amb el meu fill com jo conservem això que encara dic salut. Estimat amic, si pots ampliar la teua ajuda, fes-ho, perquè m'és molt necessària. Una abraçada.»

El pres, per tot pagament, va donar avergonyit al mestre Joan dos puntes de cigarret.

–La misèria no ens ha d'avergonyir mai, company, res esborrarà la teua dignitat –li va dir el mestre mentre li oferia un tros de pa dur amb el qual li acabaven de pagar l'última carta.

Aquell home li ho va agrair amb llàgrimes als ulls, sense poder articular cap paraula.

–Sort i salut –es va acomiadar el mestre.

A mesura que passava el temps la situació era més difícil pel que feia a l'alimentació. El ranxo era cada vegada pitjor, tant en qualitat com en quantitat. El pa anava disminuint, de manera que va arribar un moment que va desaparéixer del tot. Mantindre's en peus, amb el que els donaven de menjar, era quasi impossible. Els presos s'aprimaven a poc a poc, els cabells se'ls anaven quedant cada vegada més clars i fins, i anaven agafant un color ocre terrós; tenien la cara resseca i demacrada, i els ulls enfonsats en les profunditats de les conques, de pura debilitat. El nombre de tuberculosos augmentava a la Torre de manera alarmant.

Un dia, a l'hora de dinar, un pres va començar a cridar:

–Que ningú agafe el menjar! –va ser un crit espontani, no estava organitzat.

Tots els reclusos formaven per galeries i estaven alineats davant les escudelles. Els primers crits van provocar la sorpresa general, que va durar només uns segons. La reacció va ser unànime, ningú va agafar el ranxo. Els 1.200 homes que eren al pati van començar a picar els plats amb les culleres. L'escena era impressionant. Els funcionaris es van agrupar als llocs més protegits.

El cap de serveis, un home d'uns quaranta anys, de semblant una mica ombrívol, humil amb els superiors, insolent amb els inferiors, va eixir corrents per informar-ne el director.

Com si la seua parla i els seus ulls discorregueren per senders separats fins a convergir en un punt, la mirada i la veu del director es van endurir.

–Estic sorprés de la vostra conducta infantil. Vos ho podríeu haver pensat una mica més abans de fer un pas com este. Només que un de vosaltres m'haguera plantejat el problema, estic segur que ara mateix no estaríeu formats, ni jo em trobaria ací perdent el temps. Encara podeu fer-ho: que isca un i que parle!

Al mateix temps que sermonejava, la mirada implacable del director va recórrer en lenta panoràmica els presos. Ningú no va dir ni pruna.

–No hi ha cap valent que vulga dialogar amb mi? –va preguntar amb sarcasme.

Es van sentir uns estossecs i el director els va apagar mirant de reüll amb severitat. Va avançar un pres i el director el va mirar sorprés

–Senyor director, no hem agafat el menjar perquè és una porqueria.

El director va mirar el pres com si fora un insecte repulsiu i va voler tastar el menjar. De seguida va arribar el corneta Rafaelet que portava una safata. El director va tastar el ranxo, el va escopir i després el va xafar amb cara de fàstic, amb veu ben forta perquè tots el pogueren sentir va dir:

–Abans d'una hora vull que hi haja preparat un altre menjar, encara que només siguen creïlles i ous.

El menjar va millorar, però per poc de temps: uns dies més tard va tornar a ser tan roín com sempre.

Nelet va aprendre a llegir de seguida. El que li costava més era escriure, feia molt mala lletra i això no era bo per al negoci. En canvi, per a la lectura tenia talent, ho feia amb molt d'èmfasi i, fins i tot omplia amb imaginació les frases censurades pel règim. El mestre Joan el renyava però ell no en feia cas.

–No faig cap mal a ningú i els homes ho agraeixen –deia picant l'ullet.

–Queda't ací, ara vinc –va tallar la conversa el mestre Joan i va córrer a abordar un pres al pati.

Nelet no el va obeir i el va seguir. El mestre Joan va mirar al seu voltant, i va portar aquell home a un racó més solitari.

–Si les meues suposicions són certes, espere que comptes amb mi –li va murmurar a cau d'orella mentre caminava al seu costat.

L'home va assentir amb el cap.

–Ha arribat el moment, però abans de prendre una decisió, aquesta nit explorarem el lloc per comprovar si en realitat ho podem fer. De tota manera, els llums són un gran inconvenient, és clar que és un perill evident. Així que pensa-t'ho bé abans de prendre una decisió.

–Jo ho tinc ben clar –va dir el mestre Joan entre estossecs.

Nelet, que caminava al seu costat en silenci, no es podia creure el que estava escoltant, parlaven de fugar-se aquella mateixa nit.

–Jo també hi vull anar –els va interrompre.

L'home es va quedar mirant el mestre Joan esperant la seua aprovació.

–N'estàs segur? Ens hi juguem la vida –li va dir el mestre Joan a Nelet.

–Vull vore ma mare abans que es muira.

El mestre Joan va assentir amb el cap.

L'home els va informar per on pensaven fer la fuga i li va donar el màxim de detalls.

–Com heu aconseguit les cordes? –va preguntar el mestre Joan.

–Ho hem resolt amb bandes de paper de vidre, de diversos metres cadascuna, de les que empren a les màquines polidores dels tallers de fusteria. Una vegada ben rentades i després de traure'n l'esmeril, les hem trenades dobles perquè puguen sostindre el nostre pes. La nit serà fosca, la lluna és en quart minvant i tenim al nostre favor el fred i la sorpresa.

Així van quedar d'acord, cap a la una de la matinada, després del recompte, posarien en marxa el seu pla. Era tan senzill que no podia eixir res malament.

4

Queia la nit, un company de cel·la de Nelet va tancar la finestreta, que estava protegida per uns barrots de ferro molt grossos.

–Plou –va comentar–. Fa una nit de mil dimonis i segons d'on bufe el vent podria inundar-se la cel·la.

Nelet no va fer cas dels seus comentaris. Assegut a la màrfega, es pressionava el pit amb les mans i en sentir qualsevol soroll al corredor es llançava cap a la porta. Aquesta va ser una de les nits més agitades que va passar en la seua vida. Totes les probabilitats bones i roïnes, tots els dubtes i totes les certeses, es disputaven el domini de la seua fantasia. Si durant un instant es rendia a la son, les més insensates visions trastornaven la seua imaginació. Finalment es va adormir pensant en sa mare.

Cap a les dos de la matinada, el mestre Joan es va escapar al dormitori de Nelet. Va vore que tenia recolzat el cap en els braços i els braços sobre els genolls, semblava un embalum immens i fosc, repenjat contra la paret. El va sacsejar i va obrir els ulls sense comprendre res.

–Ha arribat l'hora! –li va dir en to enèrgic.

D'un bot es va calçar i sense fer soroll va eixir del dormitori.

L'home l'esperava dalt de l'escala. Hi havia massa claror, els focus il·luminaven com si fora de dia. Van recórrer les teulades dels diferents edificis i al final van trobar el lloc que els va semblar més favorable. Donava al pati exterior de la presó. A la dreta hi havia un sentinella que van descartar com a amenaça perquè estava prou lluny d'on es trobaven. Als seus peus tenien la façana principal de l'església, d'una alçària impressionant vista des de dalt. Estava plena de punts de suport, amb escultures que representaven el bé i el mal, sant Miquel, el drac. El perill més evident podia provindre de la garita que hi havia a la seua esquerra, a seixanta metres escassos. En tot aquell sector hi havia molta claror, davant seu hi havia els habitatges dels funcionaris i, a mà dreta, la posta de guàrdia, és a dir, la porta principal.

Mentre l'home lligava les trenes de paper de vidre, Nelet va tornar al dormitori per informar el mestre Joan de la situació. Van acordar que el descens el farien per etapes de diversos metres cadascuna, fins a arribar a terra. S'esperarien al final de cada etapa i junts creuarien el pati. Al racó on hi havia els habitatges dels funcionaris s'enfilarien per botar a l'altre costat del recinte.

Van lligar la corda a una reixa que donava al campanar i van comprovar que arribava fins a terra. L'home va voler baixar el primer, honor que ningú li va discutir. Després el va seguir el mestre Joan i a continuació va baixar Nelet. Les trenes de paper de vidre resistien perfectament, el descens l'efectuaven amb molta senzillesa, les enormes estàtues els facilitaven la faena, a cada tram hi havia prou d'espai per a reunir-se els tres sense problemes. Van fer la mateixa operació al segon tram, respectant els acords que havien convingut a dalt. En arribar al tercer, l'últim de tots, l'home, quan va tocar terra, per compte d'esperar com havien convingut, va eixir corrent cap al racó.

Aquell malànima no havia sabut ser digne de la confiança que li havien depositat. Els havia deixat a l'estacada. El seu acte menyspreable i covard va tindre conseqüències greus. Va ser vist pel sentinella que estava a la seua esquerra, que a crits va alertar la posta de guàrdia:

–Alto! Alto!

Cridaven a l'home que en aquell moment s'enfilava per un canaló amb molta lentitud.

D'un bot Nelet es va agafar a la marquesina i a pols va pujar a la teulada. El mestre Joan s'havia quedat clavat al lloc on l'havia deixat. No s'esperava aquella mala acció.

–Ens han descobert! Torna al dormitori! –va ordenar el mestre Joan a Nelet.

I tots dos es van escapolir com van poder, abans que els veren.

Mentre corrien van veure com aquell home descendia per un pal que donava a l'exterior, a poca distància del mur.

El temps s'esgotava. Els guàrdies civils corrien d'un costat a l'altre embogits per l'alerta donada pel seu company.

–Sergent! Mire, la corda ve de la teulada i passa per dalt del recinte!

–És un intent de fuga –va replicar el sergent.

–A dalt, a la teulada, m'ha semblat vore unes ombres –va dir una altra veu–. Que no s'escapen! Foc!

Van començar a disparar en totes direccions.

Se sentia gent corrent per l'interior de tot el recinte, veus excitades, el soroll de la pluja torrencial i les botes que xipollejaven als bassals. Els guàrdies civils, en un estat d'exaltació demencial, estaven disposats a matar, feien l'efecte d'estar caçant una fera.

Nelet i el mestre Joan corrien davall la pluja, la tempesta s'havia desencadenat i batia l'aire amb fúria. De tant en tant queia com una serp de foc, un tro del cel, il·luminant el monestir de Sant Miquel dels Reis. Quan eren només a uns metres del dormitori el mestre Joan va defallir, li van flaquejar les cames, no podia més, estossegava sense parar, i va caure a terra. En sentir el colp Nelet es va aturar.

–Corre, Nelet! –li va cridar des de terra.

Nelet va voler tornar a buscar-lo, però el mestre Joan li va suplicar amb la mirada que no ho fera.

–Corre! –li repetia.

Nelet va girar el cap.

–No mires arrere –va dir el mestre Joan–. Corre!

A la llunyania sentia veus i passos que s'acostaven cada vegada més ràpidament: eren els guàrdies civils. Un d'ells va dir al seu company:

–Mira, ací n'hi ha un!

El mestre Joan per por que li disparaven es va fer el mort. Va rebre un culatada a la cara i va perdre el coneixement. En tornar en si va notar que tenia el nas obert. Dos guàrdies civils el van agafar pels canells i se'l van emportar arrossegant-lo. Els peus nus fregaven l'empedrat de la carretera i semblava que una raspa grossa li'ls desbastara. El van deixar tirat al mig del pati davall la pluja davant de la façana de l'església.

5

Nelet va entrar al dormitori, va caminar avant fins a entropessar amb la paret, en aquell moment es va arraulir immòbil en un cantó, mentre els seus ulls, acostumats a la foscor, començaven a distingir els objectes i les ombres dels companys de cel·la. Sa i estalvi, va exhalar un sospir que va semblar un sanglot enmig del silenci i la foscor, i mut i trist com aquelles parets el fred glacial de les quals li gelava la suor del front, va enfonsar el cap entre les mans.

–Com estàs? –es van interessar per ell els companys.

–Estic bé –va murmurar Nelet apretant els punys, encara que sense alçar el cap.

–Esta roba xopada et delatarà –el va advertir un company que estava assegut al farcell.

Un li va donar uns pantalons i un altre, una camisa bruta. Es va eixugar com va poder amb una manta. Com un boig recorria l'habitació, subjectant-se el cap amb les mans per por que li esclatara. Semblava com si el destí s'encabotara a llevar als presos la seua última esperança i donar-los a entendre que estaven condemnats a presó eterna. Amb una mà recolzada al pit tractava d'ofegar els batecs del cor mentre s'eixugava amb l'altra la suor del front, que li regalimava fins a les galtes. De tant en tant, tot el seu cos s'estremia amb un tremolor convulsiu, oprimint-li el cor com si estiguera sotmés a la pressió d'un torn. Passava el temps i ningú venia a buscar-lo per la qual cosa va comprendre que s'havia lliurat del primer perill. Això era un bon presagi.

Quan la primera claror de l'aurora va enviar a aquell cau una mica de llum, es van obrir les portes.

–Recompte! –va vociferar l'ordenança.

Nelet no es va moure, era com si una mà de ferro l'haguera clavat a terra. Romania immòbil i amb el cap cot. Amb els ulls fixos, les faccions tenses i mut com una estàtua. Mitja hora més tard van obrir totes les cel·les.

Tots els presos estaven inquiets. L'ordenança va cridar el cap de la galeria a part, Nelet s'hi va acostar per escoltar el que li deia.

–Els han mort? –va preguntar algú.

–No –va respondre el guàrdia gratant-se la barba esclarissada amb el punt de mira del fusell. La seua mirada es va creuar amb la de Nelet, era dura i exempta d'humanitat. El xicot va abaixar la vista, d'aquell individu no es podia esperar res de bo–. Un ha desaparegut sense deixar cap rastre, l'altre està detingut.

Nelet contenia la respiració, intentava que no li veren l'espant que sentia circular per tota la pell. En aquell instant el corneta va tocar diana.

El matí era gris, havia parat de ploure, el pati estava xopat. Els van fer formar en fila de dos i per galeries. El recompte va durar més del que era habitual, hi havia tota la plantilla.

Van sonar tres tocs de corneta que indicaven l'entrada del director a la presó. La seua cara reflectia contrarietat per la fuga, ja que podia ocasionar-li algun contratemps en la seua carrera professional. Va ordenar al cap de serveis un escorcoll general. Això significava que la cel·la seria remoguda de dalt a baix i les pertinences dels presos llançades a terra, i si tenien alguna cosa d'escàs valor de segur que anava a parar a les butxaques dels carcellers. Havien passat dues hores llargues i continuaven en formació. Es va sentir un murmuri: un pres es va desmaiar de debilitat. Entre dos el van portar a la infermeria.

A conseqüència de la fuga van suprimir totes les galeries d'aquell bloc. La resta van ser traslladats a pavellons més grans on dormien amuntegats dos-cents quaranta homes en un sol dormitori.

6

Les finestres del nou dormitori donaven a l'exterior, a uns camps conreats. Si el dia era clar es veia la mar i fins i tot s'intuïa algun vaixell a la llunyania que es perdia en l'horitzó. Era un espectacle nou i agradable de poder contemplar. Nelet s'ho mirava amb la mirada trista, havia tingut la llibertat a tocar.

El dormitori era un corredor ampli, amb grans columnes al mig, peça de l'antic convent, on dormien uns dos-cents quaranta presos, en dos files, arrimats a les parets i nou o deu entre cada dos columnes. Nelet dormia entre aquests últims, al costat de l'estret passadís que els separava dels que estaven vora la paret. Per llit tenia un finet matalafet estés sobre el tou somier del terra. A la nit l'atmosfera era irrespirable, finestres tancades, homes amuntegats i sostres molt baixos. No existia la noció de l'espai. Ningú es podia moure sense haver-ne de xafar i espentar una dotzena més.

El mestre Joan va ser tancat en una freda cel·la de correcció amb ordre estricta d'aïllament. Aquell mes de febrer l'oratge era més fred del que era habitual a València, fet que enduria la seua situació. L'ordre de la direcció era tindre'l a mitja ració.

–Si hagueres vist –deia un company a Nelet– en quin estat van ficar el mestre Joan a la cel·la de correcció la matinada de la fuga! Estava desconegut. Els guàrdies civils li van colpejar els peus amb les culates dels fusells, encara ara no pot caminar; m'ho ha explicat un infermer.

–Hem de fer alguna cosa, en aquestes condicions no ho podrà resistir, es morirà –va dir amagant les llàgrimes que sense permís li humitejaven els ulls.

–No has de patir, ho tenim tot controlat.

Els presos havien subornat un carceller per poder-li fer arribar trossets de xocolate que compraven a preu d'or a l'economat. Estos primers auxilis els duien a terme companys que, amb el pretext d'anar a la infermeria, passaven a hores oportunes per allà i ràpidament s'acostaven a la porta de la cel·la i introduïen per l'espillera el que portaven. El responsable de la galeria solia girar-se d'esquena per facilitar la tasca i així salvava la seua responsabilitat davant de qualsevol incident, que afortunadament no es va produir.

Esta ajuda era important, però no ho era prou perquè no arribava a proporcionar-li, entre altres coses, roba d'abric, tan necessària per a ell. I a poc a poc la seua salut va anar empitjorant, tant, que el van traslladar al lloc on ell més temia anar, a la Torre, amb els tuberculosos. En la misèria de la postguerra, el mal del pit s'estenia com la pesta.

Les males notícies volen més ràpides que les bones, com si portaren amb elles el dimoni de la urgència, o com si cremaren en les llengües dels missatgers i tingueren pressa per desprendre-se'n. Totes les veus hi coincidien: al mestre Joan li havia agafat un atac de tos i s'havia ofegat en la seua pròpia sang. El rumor es va anar escampant per totes les galeries.

La separació material es va fer real entre Nelet i el seu mestre. Ja no li ensenyaria les lletres, ni podria encaixar aquella mà ferma que li agafava la seua perquè subjectara bé el llapis. El mestre Joan, el seu company, ja només existia en la seua memòria.

No van poder comunicar a ningú la mort del mestre Joan, no tenia família, potser per això escrivia les cartes dels companys, perquè no tenia ningú a qui escriure. La seua dona va morir en el part d'un fill que havia nascut mort. I ell, per no morir també de pena, es va dedicar en cor i ànima a l'ensenyament, era un mestre de poble. En acabar la guerra els falangistes el van detindre, l'ús de mètodes d'ensenyament massa innovadors i revolucionaris el feien sospitós i perillós. El van torturar amb crueltat i el van acusar oficialment de roig, indigne, antisocial, immoral, viciós, comunista, anarcosindicalista, de no anar a missa i de no fer classe en ocasions per sentir música al gramòfon i ballar amb els xiquets i les xiquetes. Després de deambular per diferents penals va anar a parar a Sant Miquel dels Reis. Ningú reclamaria el seu cos, molts presos sempre el durien en la memòria. Sobretot Nelet, que no oblidaria mai el seu mestre.

Entre llàgrimes, Nelet, dominat per una trista i amarga malenconia, llegia l'última carta que li va fer arribar el mestre Joan abans de morir.

«El meu estimat Nelet: Convalescent d'unes febres tifoides, m'apresse a escriure't perquè sàpies l'afecte que et tinc, ets el fill que no vaig conéixer. En estos cinquanta dies que fa que estic reclòs en un llit, el teu record m'ompli d'alegria. No deixes d'estudiar, de llegir i d'escriure. Ara el negoci és teu al cent per cent, no el puc deixar en més bones mans. Espere que prompte tingues notícies de ta mare. Ha sigut una sort que els nostres camins s'hagen creuat, encara que siga en este trist penal de Sant Miquel dels Reis.»

I amb una lletra més irregular que mai, es va acomiadar... per sempre: *«No m'és possible estendrem més. Et desitge la salut que a mi em falta. Una abraçada.»*

7

Aquella presó era la versió, corregida i augmentada, d'una caserna, amb menys graus jeràrquics però amb més autoritarisme. Des de les primeres hores del matí fins a les de la nit se succeïen els tocs de corneta, les crides a formació, els recomptes. A les sis del matí, diana; a les 7, el recompte de l'oficial que acabava la jornada, amb tot el personal dret i els farcells pulcrament ordenats; a les 8, l'esmorzar, un pot de malta aigualida; a les 9, un altre recompte amb la formació conseqüent, a càrrec de l'oficial entrant; a les 9 i mitja, una altra crida a formació per eixir al pati; a les 12 i mitja, formació de nou al pati, en quatre o cinc files, davant altres tantes calderes de ranxo per al seu repartiment; i seguidament, retirada també en formació als dormitoris; un poc després, a les 3 de la vesprada, repetició de crides i formació per a nova eixida al pati; a les 5 o les 6, segons l'època de l'any, es distribuïa el ranxo de la nit, amb les formacions de rigor i es tocava a retirada a dormitoris, on a continuació, tornava a passar recompte l'oficial de guàrdia; i, finalment, uns minuts després es tocava silenci. I si no coincidien els nombres entre l'oficial eixint i l'entrant, es repetia l'operació.

«Quan rebes esta carta ja haurà acabat tot. No et disgustes, ja ens ho esperàvem i et vaig advertir amb temps. Supera el dolor que sents i fes-te forta, ja que amb plors i deixadesa només es troba la infelicitat i la malaltia, i tu et deus a tu i als xiquets. Només et diré açò: de la mateixa manera com davant el tribunal em vaig presentar amb el front alt, m'he pogut presentar per totes les bandes. Tingues la certesa que des de tots els punts de vista de la moral, tinc la consciència molt tranquil·la i estic en condicions de no tindre per què abaixar la vista davant ningú. Per tant, davant de ningú que parle malament de gent de l'organització dient que són immorals no t'has avergonyir, ni lamentar d'haver estat la meua dona, ni els meus xiquets han d'avergonyir-se de mi. Als xiquets estima'ls molt. Si els pots amagar la meua mort, millor;

però, quan arribe el moment de saber-ho, dis-los que he mort com un home que ha sabut complir el seu deure. Per la seua educació, tin en compte que no han de menysprear els que com jo han lluitat per una societat millor. Quan la nova societat per la qual he lluitat es consolide, comprendràs que valien la pena els esforços fets i que no hem de lamentar els morts que han caigut pel camí. Només desitge que s'establisca pel bé de la humanitat. Fes molts besets als xiquets i cuida'ls. No t'oblides dels meus pares, que prou desemparats es queden.»

–I a ella? No li dius que l'estimes? –li va preguntar Nelet, estranyat.

–No, ella ja ho sap.

Es va fer un llarg silenci entre els dos homes.

–Els faràs arribar la carta quan arribe el moment?

–Sí, no patisques –el va tranquil·litzar Nelet.

–Ací tens el tabac –va oferir-li uns cigarros com a forma de pagament.

–No, company, no cal.

Els dos homes es van fondre en una llarga abraçada, sabedors que potser no es tornarien a veure mai més.

A la nit el silenci s'imposaria sobre el silenci, i totes les converses es diluirien en una foscor plena de ressonàncies distants, fins a l'alba no tornaria a haver-hi vida i la vida s'iniciava sent l'emissària de la mort. A les cinc del matí començarien a sentir-se noms i cognoms al pati, i els cridats pujarien a uns camions per anar al cementeri de Paterna, d'on no tornarien mai.

Nelet sobrevivia, després de la mort del seu mestre es trobava més trist que mai. Tampoc tenia notícies de sa mare, potser també era morta. Havia heretat l'ofici d'escriure cartes del seu amic i mestre, i a això dedicava tot el seu temps. El que li quedava lliure feia cal·ligrafia. S'entretenia escodrinyant en la vida privada del companys. De tant en tant escrivia a sa mare, cartes i cartes que no obtenien resposta.

8

«Estimat oncle: El parentiu i la necessitat em forcen a demanar-li ajuda. La necessite. No sé si li semblarà insolent la meua franquesa: crec que la seua comprensió profunda de la meua situació farà que no li ho semble tant. Fa temps que no

sé res de ma mare, la seua germana; les últimes notícies que tinc d'ella són de fa mesos. Sé que el seu estat de salut no era bo, es trobava en la més extrema misèria i havia d'acudir a l'Auxilio Social. Li agrairia molt que en la mesura de les seues possibilitats li oferira la seua ajuda. També li agrairia que fora tan amable d'escriure'm quatre ratlles per fer-me saber alguna cosa d'ella.

Atentament, el seu nebot Nelet.»

Nelet escrivia cartes i més cartes a familiars i amics per saber alguna cosa de sa mare, tot i que el cor li deia que mai més la veuria en vida. I això encara li feia l'existència en aquell penal més trista.

Un de tants dies en aquell recompte tediós previ al toc de silenci els guàrdies es van adonar que faltaven quatre presos. Eren els que treballaven al pou que el director havia manat construir atesa l'escassetat d'aigua.

–Rafaelet, ves a vore si aquests han caigut; baixa i mira què els ha passat –va ordenar el cap de servei de la presó al seu pres de confiança, que era corneta, en conéixer que cap dels quatre havien eixit del pou.

Nelet, inesperadament, es va oferir voluntari. Va tindre com un pressentiment que el va obligar a fer-ho.

–Jo hi baixaré –va dir Nelet,– soc més prim que Rafaelet i no tindré cap dificultat.

El corneta va fer una pas arrere content de no haver de baixar-hi ell, era molt perillós. Al cap de servei tant li feia qui hi baixara i hi va accedir sense cap problema.

Nelet, quan va descendir pel forat, va fer cert el seu pressentiment en descobrir la galeria oberta pels pouers, i s'hi va introduir. No era un pou d'aigua sinó un túnel cap a la llibertat. Estava just al costat de la cripta de Germana de Foix; era un passadís de més de trenta metres, excavat a uns dos metres davall terra que portava cap als horts de la part posterior del monestir.

El conducte era més ample que alt al principi, només hi cabia una persona arrossegant-se, i així ho va fer. Però al cap de pocs metres s'anava tornant més estret i alt i es podia caminar a gatameu. A uns deu metres hi havia una cambra més ampla la missió de la qual era servir de sala de descans o de depòsit temporal de la terra excavada. A mitat del passadís es va trobar una vella llandeta d'olives reconvertida en una tassa amb ansa i un tinter del segle XIX que els fugats havien fet servir com a llum d'oli. Nelet avançava amb temeritat, amb la por de trobar-se la galeria esfondrada i els cossos dels pouers colgats. Una brisa de mar i horta li va tocar la cara. Amb dificultat es va afanyar cap a l'eixida, i sense saber com, es va trobar a fora del penal. No s'ho va pensar dos vegades, va començar a córrer fins que es va perdre entre uns camps de tarongers.

Va passar molt de temps i Nelet no n'eixia. El cap de servei aquesta vegada hi va fer baixar el corneta.

En descendir Rafaelet, es va adonar que el túnel eixia a l'exterior i tampoc s'ho va pensar ni un segon.

–Don Daniel! –va cridar des de baix al cap de secció–. Busque un altre corneta que jo també me'n vaig!

Els guàrdies es van introduir al pou ràpidament, però només van trobar la corneta i dos jaquetes de pres, la de Nelet i la de Rafaelet. La fugida per l'horta del corneta no va tindre un final feliç, va ser capturat poc després. No va passar el mateix amb els pouers i Nelet, dels quals no van tindre cap notícia mai més.

El pou es va tapar aquella mateixa nit i cap organisme oficial va tornar a parlar de la fuga, tot i que els presos dormien sabedors que davall el monestir de Sant Miquel dels Reis, custodiats per les restes de na Germana de Foix, hi havia els túnels que conduïen cap a la llibertat.

El **monument**

El monestir de Sant Miquel dels Reis

Per a **saber més**

El monestir de Sant Miquel dels Reis és un edifici sòlid, robust, elegant, que destaca enmig de la poca horta que encara queda al nord del terme de València. Va ser construït al llarg del segle XVI i fundat l'any 1548 pel duc de Calàbria, un dels marits de la virreina Germana de Foix, sobre les restes d'un altre monestir, més antic, que es coneixia amb el nom de Sant Bernat de Rascanya.

L'any 1371, l'abat del monestir de Santa Maria de la Valldigna, Arnau d'Aranyó, va comprar una alqueria islàmica situada al nord de València, que es coneixia amb el nom de Rascanya, per a fundar un monestir que, quan va ser enderrocat per a construir el de Sant Miquel, només comptava amb tres monjos.

L'edifici renaixentista, amb totes les característiques dels monestirs jerònims, es va donar per acabat l'any 1607, encara que les obres de l'església continuaren durant un temps. Després d'una temporada de certa normalitat, amb els frares jerònims dedicats al treball, l'oració i l'estudi, quan es va proclamar la desamortització, el monestir va ser subhastat i va estar a punt de desaparéixer perquè el propietari pretenia vendre'l a trossos com a material de construcció.

Al llarg del segle XIX, el monestir encara va ser utilitzat com a magatzem, asil, presó de dones o manicomi, fins que el 1874, tornà a estar a punt de ser enderrocat per a convertir-lo en una nova presó com va passar finalment, des de 1939 a 1966, període en què el monestir de Sant Miquel va servir per a confinar els presos polítics del franquisme, un fet que ha originat llegendes sobre túnels i conductes secrets, que no s'han confirmat mai.

L'any 2000, finalment, el monestir es va convertir en la seu de la Biblioteca Valenciana Nicolau Primitiu i, en l'actualitat, acull també l'Acadèmia Valenciana de la Llengua, la Direcció General del Llibre, Arxius i Biblioteques i el Registre de la Propietat Intel·lectual.

Per a **llegir més**

Barça ou barzakh!
Gemma Pasqual i Escrivà
Bromera
Col·l. «Espurna», 2011

A Dakar, els xiquets corren descalços darrere d'una pilota cridant «Barça ou barzakh!», una expressió que apliquen als emigrants clandestins que ixen de les costes i que significa 'Barcelona o mort!'. Amadou i Mabale han decidit fer seu aquest crit i embarcar-se, junt a Umm i Noolamala, en una pastera rumb a Europa, a la recerca d'una vida millor.

Dibuixos al mur
Aurora Ruá
Tàndem Edicions
Col·l. «La Moto», 2013

Pablo, un jove de 15 anys, passa els últims dies de l'estiu amb son pare, a l'hospital on treballa. Durant la seua reclusió forçosa, coneixerà Pep, un xic de la seua edat, que hi va viure, setanta anys enrere, reclòs també, però per raons ben diferents: com a presoner republicà durant la Guerra Civil d'Espanya.

Glossari

A CAU D'ORELLA: En veu molt baixa, prop de l'orella.

A GATAMEU: Amb els dos genolls i les dos mans en terra.

AL BELL MIG: En aquell lloc precís.

ARRAULIR: Arropir-se, contraure's.

BABAU: Curt d'enteniment, innocent.

CANELL: Monyica.

COBEJAT: Desitjat intensament, de forma desmesurada.

COLGAT: Posat davall de terra.

COT: Inclinat cap avall.

DESBASTAR: Laminar o rebaixar un objecte dur donant-li obliquament colps amb una eina tallant.

DESITJÓS: que desitja alguna cosa.

EMBALUM: Cosa o muntó de coses de gran volum.

EN UN TRES I NO RES: En un moment, molt de pressa.

ESCORCOLL: Examen minuciós i a fons per tal de buscar alguna cosa amagada, oculta.

ESFONDRAT: Afonat o destruït.

ESMERIL: Roca de color negre o gris, de gran duresa, que s'utilitza per a polir.

ESPILLERA: Reixeta de la porta, foradet circular per a veure qui toca a la porta.

ENCANUDIT: Que comença a tindre canes.

ESCUDELLA: Recipient fondo d'obra i en forma de casquet esfèric, on se serveix sopa o caldo.

ESPLUGAR: Netejar de puces o de polls.

ESTOSSEC: Colp de tos.

FARCELL: Roba o altres objectes embolicats amb un mocador o un tros de tela qualsevol per a poder portar-los d'una banda a una altra.

IMBERBE: Jove que encara no té encara pèl en la cara.

MALÀNIMA: Que té mals sentiments o és de naturalesa cruel.

MÀRFEGA: Sac gran, generalment ple de palla o de fulles de les panolles de la dacsa, que serveix de matalaf.

MUT I A LA GÀBIA: Expressió que s'usa per a demanar o imposar silenci.

NO DIR NI PRUNA: No dir paraula.

PORTA DE L'ORELLA: obligatòriament, sense acceptar cap objecció.

POUER: Persona que fa pous o que n'arregla.

RANXO: Menjar dels quarters, vaixells de guerra i presons, que antigament es reduïa a un sol plat mesclat.

REGALIMAR: Caure un filet de líquid per la superfície d'un cos o d'un objecte.

SA I ESTALVI: Que ha escapat d'un perill o que ha eixit d'una situació complicada sense haver resultat damnificat.

TAVELLA: Baina d'un llegum.

XIPOLLEJAR: Remoure la superfície de l'aigua o d'un altre líquid alçant xicotetes ones i esguitant.

llegirenvalencià
monuments emblemàtics

FUNDACIÓ bromera per al foment de la lectura

Levante EL MERCANTIL VALENCIANO · INFORMACIÓN · consum COOPERATIVA · escola valenciana FEDERACIÓ D'ASSOCIACIONS PER LA LLENGUA

Fundació Bancaixa · caixa popular · Universitat d'Alacant · DIPUTACIÓ DE VALÈNCIA Unitat de Normalització Lingüística

GENERALITAT VALENCIANA Conselleria d'Educació, Investigació, Cultura i Esport · ACADÈMIA VALENCIANA DE LA LLENGUA · CONSELL VALENCIÀ de CULTURA · llegim llegim llegim Pla Valencià de Foment del Llibre i la Lectura 2017 - 2021

Amb el suport de: AEPV; Fundació FULL; Universitat de València, Universitat Jaume I, Universitat Politècnica de València, UNED, Universitat Miguel Hernández d'Elx, Institut Interuniversitari de Filologia Valenciana; Federació de Municipis i Províncies, Mancomunitat de la Ribera Baixa, Mancomunitat de la Ribera Alta, Mancomunitat de la Vall d'Albaida, Mancomunitat de la Safor; PSPV-PSOE, EUPV, Compromís, ERPV, Podemos/Podem; UGT-PV, CCOOPV, STEPV; Col·legi Oficial de Bibliotecaris i Documentalistes; Associació Professional d'Il·lustradors de València; Albena Teatre, Sala Russafa; Reial Societat Econòmica d'Amics del País, Unió de Periodistes Valencians, Unió de Llauradors i Ramaders, Federació Societats Musicals CV, Sala Rex Natura, la Vall de Gallinera, Teatre Micalet i UiDos Serveis Lingüístics.

Amb la col·laboració de Bioparc, Café Silvestre, Pollos Planes, Rolser, Institut d'Estudis Comarcals de la Marina Alta i els ajuntaments de l'Alcúdia, Bocairent i Dénia.

Col·lecció dirigida per Josep Antoni Fluixà

www.llegirenvalencia.org

Av. Areners, s/n (Pol. El Pla) - 46600 Alzira
www.fundaciobromera.org
Coordinació: Rosa Mengual, Elena Cívico, Míriam Salvador i Gonçal López-Pampló
Correcció: Vicent Climent
Coberta: César Sebastián
Dibuix interior: Fran Parreño
Impressió: Liberdúplex

1a edició: juny, 2019
Depòsit legal: V-1317-2019
ISBN: 978-84-120396-0-3

PAPER ECOLÒGIC TCF LLIURE DE CLOR

FOTOCOPIAR LLIBRES NO ÉS LEGAL

FSC www.fsc.org MIXT Paper procedent de fonts responsables FSC® C109440